可不可以，
　　你也剛好喜歡我？

韓一

沒有人會失去所有，
至少，你還有自己

那些堅持不鬆手卻還是失去的；那些費盡心力獲得卻又消逝的；那些忍著不哭卻總還是紅了眼眶的；那些解釋不了卻感受清晰的；以及那些以為再也好不了終於也結了痂的，每個人都是好不容易，才走到了這裡。愛情有好有壞，但願我們都不要再惦記著那些受傷的記憶，如果已經留不住一個誰，希望可以留下自己。至少，你還能夠擁有你自己。

我們常常都希望自己可以堅強，但堅強一直都很難。往往不知怎麼地，卻總是拽著傷不敢喊叫，如此小心翼翼，因為擔心只要一嚷嚷就真的成真，從此如影隨形。甚至在有些時候，連要給予自己祝福都做不到。祝福，也需要花費力氣。

所以，這本書是祝福。當你感到無處可去的時

候，會知道還有個地方可以收容自己；當你感覺快要不愛自己的時候，有人會在背後默默為你打氣；當你覺得自己是一個人的時候，知道有個人懂你想要說的話；當你發現自己快要哭的時候，有個人會給你擁抱。這是這本書的初衷。

也因此，才特地選在一年即將開始的時候發行。希望趕在一年的初始，這本書可以給大家接下來一整年的祝福。

書裡收錄了64篇短文，這64篇短文代表了一年裡的52週，再加上每個月14號的情人節；還有4篇的長文，示意的是新年、農曆春節、七夕、聖誕節這4個加倍難熬的日子，希望陪伴著你度過接下來的一整年時間。

我期許在那些幽暗無光的時刻，你能夠隨意翻開任何一頁，只是一點點的隻字片語，就像是朋友留在你桌上的打氣紙條一樣，沒有負擔、沒有強

迫，然後給予一點力量，這是這本書我想要努力的事。然後，也重新拿起了畫筆塗鴉，就像是朋友總會在留言結束時所畫上的笑臉圖案。

這是第3本書。始終要謝謝購買我的書的朋友，是你們陪我走到這裡，就像是一種依偎，你們從我這邊或許得到了一點溫暖，但我也同樣從你們身上獲得了力量。我們都是一樣的，都很努力，即使傷痕累累也不想對不起自己。

當然，也謝謝我的家人朋友。有好多事都是從你們身上所學到。

這本書，寫給每個心裡還隱藏著愛的大家。累了，就歇一下；倦了，就躺一會兒，不心急、不勉強，好好守護在心裡面那些關於愛的最初衷。只要不忘記，有天就會派上用場。

也要一直不斷去提醒，沒有人會失去所有，因

為，你還有你自己。也不必急著去討好誰，你最先要討好的，只是你自己。沒有該為了誰，僅僅是讓自己去感到好，就很足夠。就像是我在這本書裡每則短信末一直想要給予的。

　　最後的最後，我們下次試著把脫口而出的「我做不到。」，變成「我再努力試看看。」

　　祝　好。

CONTENTS 目錄

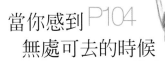

當你感到
無處可去的時候

Chapter
HESITATED

當你發現自己
快要哭了的時候

HOPELESS

當你感覺
不愛自己的時候

他走了，但至少你可以留下自己

一個男人的告白：「愛情是什麼？豐富生活、調劑身心、傳宗接代？以上皆是。唯一錯的是，把它誤當成生命的全部。」

分手的方式有很多種，但結局卻常常只有兩種，就是：不那麼傷心以及很傷心。

因為來得太突然，你無法確定究竟是驚訝憤怒？還是心痛悲傷？就像是突然間挨了一記耳光，你還在微笑著，只感覺一陣風刮過自己的臉頰，你搞不清楚發生了什麼事，只有呆站在原地，然後，熱辣辣地，一陣麻顫就衝了上來，痛。也因為力道太猛，只有悶悶的嗡嗡聲響在你的耳朵迴盪著，他說分手，理由是什麼？你怎麼都沒有印象。終於，你才感覺到痛。

跟著，臉頰就溼了，你直覺那應該是血液，因為痛楚是從心臟湧出的，不是眼睛，所以你猜那會

是紅色的液體，而不是眼淚。等到理智恢復的第一個念頭，你想到的還是他。他，為什麼不要你。是不是自己哪裡犯了錯？一定是自己不夠好，所以，他才會決定分手。他離開你了，但你首先想到的、總是思考到的，卻全都是自責。

原來、原來，失戀最可怕的並不是他離開了你，而是你不問對錯的還想要他回來。

只要他願意回頭，你可以不計前嫌、不管是非，你什麼都可以不要，就是不能夠不要他。之後清醒了你才懂，這原來是一種自我否定。你用貶低自己的方式去換回愛情，以為只要自己低聲下氣、摀住耳朵，就可以讓愛情回頭。一直以來你從不覺得自己是愛情裡面的弱勢，可只在一個瞬間就把自己全盤輸掉。因為你覺得，輸了愛情，贏得自己又有什麼用。

於是你傳簡訊、打電話、臉書上留言、到辦公室樓下等他下班……任何可以接觸到他的方式你都不放過，然後再從他的一舉一動找可能復合的蛛絲馬跡。你思考了這麼多，卻從來都沒記得過他離開的理由，只惦記著如何要他回來。一直到聽到風聲耳語，你才猛地驚覺，自己竟變成了連自己都害怕的「前女友」。原來你的擇善固執，在外人眼中不過是歇斯底里。

　　而你始終也都忘了一件事，先說不要的人是他，怎麼是自己去求他回來？因為，離開的人是他，你始終都站在原地、你從來都沒有走開，如果他要回來的話，一定找得到你。如果他想要的話。

　　你終於搞懂了一件事，想要回來的不用乞求，而若要遠行的也不必挽留。因為，愛情不是公民道德，沒有法律約束，只有自由意志。

　　「戀愛時，你最不需要的就是你的自尊；但分

手後，可以救回自己的也只有你的自尊。」最後，有人跟你說了這句話，於是你大夢初醒。因為，如果一個人連你的愛都不要了，你的自尊對他來說更沒有任何意義，但對你來說卻可以是往後能賴以為生的憑藉。

終於你才了解了，或許在愛情裡可以沒有自己，但如果愛情沒了，請至少要留下自己。保留下那個還有勇氣再去愛的，自己，不要連信仰都輸掉。你永遠都要這樣記得。

Dear,

你很美、你很好，
所以，你不需要再試著要去討好誰，
你唯一要做的，只是做你自己。

這世界，聲音很多、也充斥著眼光，
但這些都不能夠阻擋你的快樂，
你，只要討好自己。就足夠。

明天，太陽還是會出來，
天黑了之後就是天亮。
你要討好自己，因為你是你的。

祝　好。

我曾經以為，
只要變成別人就會有人愛我。
但很後來才明白，
要是自己不喜歡自己的話，
一切都沒有意義。

Dear,

你知道嗎？
這世界上有一些東西是，
眼睛看不見、手觸摸不到，
但卻是真真實實存在著，
就像是溫柔、就像是夢想。

愛情也是這樣，
是要相信了，才會存在。

愛情這種東西是，
你先放棄了愛，愛才會背離你。

祝　好。

天真的以為，只要矇住眼不去聞問，
就可以得到幸福。
後來才發現，在伸手不見五指的黑暗，
就連愛情都看不見。

Dear,

我常對你感到心疼。

我的心疼，並不是來自你的單身，
或是偶爾的孤單，
因為，
自始至終我都覺得愛情不是非要不可。

縱使有了愛，人生或許可以更有滋味，
但愛情並不是陽光空氣，
人需要仰賴著它才能活下去。

我心疼的是，
我知道你不是沒有愛，也不是不想愛，
而是受過傷、心碎過，所以怕了，

所以，才不要了。

當然，
一個人也很好，只要開心就好。
但是，人生有很多可能，
愛也是其中一種，你不一定要，
但也請不要在它來的時候別開臉去。

我最心疼的其實是，
你把自己擺到了愛情之外。

祝　好，然後有愛。

Dear,

愛情，
只有「喜歡」不夠，這是當然。
但愛情，如果沒有「喜歡」的話，
就什麼都不夠。

一個人所有的好你要不要接受，
都是建立在喜歡上頭，
就像是，你可以喜歡一個人的好，
但不要是因為一個人對你好才喜歡他。

你要懂這點，才不會辜負別人，
也才不會浪費自己。

祝　好。

「喜歡」是一把鑰匙。
你可以努力去嘗試打開愛情的門，
但不要勉強別人來愛自己。
也不要勉強自己去愛一個誰。

Dear,

愛一個人，
很容易就會想要對他好。

這是一種必然，因為想要他好，
更因為，唯有他好了，自己才能夠好。

但是，
好卻也很容易不小心就變得可怕，
有些人會把好當作是一種習慣，
這樣就會把愛變得不好。

如果遇到了這樣的人，
請先把要給他的好收起來，
先對自己好。

祝　好。

如果每天都認真練習傷心，
有一天，是不是就不會再傷心？

Dear,

每一個人的身上都會帶點傷。

差別只是，
你想著自己再也好不了；
或是，
你覺得自己會慢慢好。

我們沒有能力去確保別人不傷害自己，
但卻能夠做到在受了傷之後，
不再凝視著傷口。

至少，
你可以做到不讓傷害去改變自己的良善。

祝　好。

只要受過傷，就會不一樣。
縱使疤再淡、別人再無法輕易察覺，
但只要自己一張望，就是顯眼的存在。
可是，沒有人會跟以前一樣，
人本來就會隨著時間轉變，
不同的只是，去變壞、或是變更好。

Dear,

你說，愛情讓你失去了原本的自己。

但是，「原本的自己」又是什麼呢？
人本來就是會不斷成長跟學習的生物。

也或者說，
就因為經歷過事情，然後不斷學習，
最後再總結出來一個成果，
變成了「自己」。

人本來就不是一直不變動的生物，
不是嗎？

愛情是兩個人，
所以很難一直保持剛開始的模樣，
但這也是一種學習，讓你更了解自己。

所以，
請不要拘泥什麼是「原來的自己」，
重點是，你想變成怎樣的人？
又希望自己是怎樣的人？

然後，
再去努力變成一個喜歡自己的人，
就夠了。

我想，
只要是喜歡自己的自己，
就是原來的你。

祝　好。

Dear,

你可以藉由被愛，
來證明自己的存在與價值。

但千萬不要因為不被愛，
就否定或厭惡自己。

愛情或許是一種肯定自己的方式，
但去喜歡自己，卻不需要理由。

祝　好。

有時候，
我覺得自己像張郵票，
不時髦、緩慢，但卻真實，
等待著被誰投遞。

Dear,

我不會說，愛自己比較實在。

因為不管愛自己，或愛別人，
都是要快樂，才比較實在。

我會說，愛自己，比較容易。
只是，人常常都忘了要愛自己。

但是你卻不可以把愛自己當做唯一選擇，
因為如果可以愛上一個人，
然後幸福，也很好。

你要繼續愛自己，不求別人來愛你，
但也請不要排斥有天與某個誰相愛的機會。

祝　好。

我們無法求一個誰來愛自己，
但至少，我們可以去知道，
自己追尋與等待的，是什麼。

Dear,

你說，
你不懂爲什麼人長大，就會變得虛假。
我想，是因爲大人都很不勇敢的關係。

大人記性很好，
只要受過一次傷，就會一直記得，
所以才會在一開始就先自我保護。
不像小孩，昨天的傷今天就忘。

但大人記性也不好，
愛過之後，只會記得痛，
然後忘了相愛時的美好。
我想，這是因爲大人也都很脆弱。

所以其實大人很哀傷，
總是記得不好的事，忘了美好。
好記性總是用錯地方。

人一定都會長大，沒關係，
但無論如何，
都要努力去當個勇敢的大人。

因為，變成大人並不可憐，
不知道自己為什麼是大人，才是。

　祝　好。

Dear,

其實，
你並不需要他來說服你什麼，
而是你可以堅定自己。
就像是當初你愛他一樣。

因爲，
到頭來你所有的選擇，
都是爲了讓自己更好，
而不是把希望寄託在他身上，
然後跟著他的悲喜。

你的快樂，
並不需要他來決定。

祝　好。

該把淋溼的心，拿出來曬曬了。

Dear,

你懷疑，
有些事是不是永遠都習慣不了？

例如，
心痛，那種傾訴不了的悲傷；
又例如，
寂寞，那種心空了一塊的感覺……
它們常常都比碎裂更叫人難受。

你曾以為只要多練習，
有一天總可以習慣。

但是、但是，每次發生，
都像是新的，每一次的痛都一樣劇烈，

甚至，每受一次傷，
就多奪走你的勇氣一些。

於是，
你開始覺得自己永遠都無法習慣。

然後，你也才懂了，
有些傷口，永遠都好不了，
你無法去習慣它，只能去，接受。

去接受，或許無法讓傷口復原，
但至少會讓自己的心，健康。

祝　好。

Dear,

或許，他在忙；
或許，他沒有看到訊息；
或許，他只是忘了回覆。

你的一千個或許，
都比不上他對你的，一個准許。

你的一萬次猜測，
也比不上他對你的，一次點頭。

或許，你該開始想想自己，
而不是他。

祝　好。

「我當然不喜歡你。」
你沒看見我用力到發青的手。

Dear,

我們都不完美，我們都會犯錯。

但不同的是，
你不會把自己的錯當作成一種炫耀，
而他也不能要你原諒他。

因為，你的原諒是你的，
就如同，他的錯是他的一樣。
你再也不想拿他的錯來懲罰自己。

你也知道，
其實沒有人可以真的原諒誰，
就像是愛裡面並沒有虧欠一樣，
每次的付出，都是自己的自由意志，
所以你只想對自己有個交代。

你把他的錯還給他，而原諒留給自己。

原諒那個縱容他的自己，
原諒那個傷害自己的自己，
今晚，你想放過自己，
換來一夜的好夢。

然後，你祝福自己，晚安。
能夠安穩地度過這一個夜晚，
真正地，晚安。

祝　好。

Dear,

你開始懷疑，
自己是否比較適合一個人？

在經歷過幾段不完美的感情後，
你甚至懷疑自己，是否有所欠缺？
是否缺乏了戀愛的能力？

但是，
沒有一個人只能、只會，
只可以在某一種狀態，
因為人有很多種可能，
常常超出自己的想像。

也沒有人是完美，
每個人都會有所不足，
但卻也都擁有別人無法取代的優點。
這就是你之所以成為你，而不是他。

所以，「比較適合」並不重要，
重要的是，你想要什麼，
然後去努力讓它變成那樣。

祝　好。

Dear,

在大多數時候，
我們都知道什麼事才是對的，
但在更多的時候，卻也都做不到。

我想，
這是因為人不夠堅強的緣故。
每個人都是這樣。

所以，在失敗的時候請不要一直自責，
你是做壞了，並不表示做錯了，
常常，經歷都只是一個過程。

時間，或許不能幫助你成就什麼，
但或許，可以幫你堅定些什麼。

祝　好。

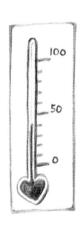

100-(傷害×年紀)=勇氣。
或許隨著年紀增長，
人會愈來愈沒有愛的勇氣。
沒有人跑得贏時間，
但希望在它的面前，不是只有失去，
更多的是，獲得。

LONELY
Chapter 2

當你覺得
自己是一個人的時候

可不可以，你也剛好喜歡我？

一個男人的告白：「女人會因為一個人好，最後愛上他。當然男人也會，但這通常是在別無選擇情況下的決定。」

從來，愛情最難的都不是年紀、身分地位、金錢財富，或是外型長相，而是「互相喜歡」。

要一個點頭、一個應允了，愛情才有機會可以成立，才有緣分能夠往下走，「互相喜歡」是愛情的最源頭，所有的戀愛都是這樣才得以開始，然後繼續。因為，一個人的喜歡，再怎麼努力也只能是單戀，主詞永遠都會是「我」，而不是「我們」。也因此你才懂了，單戀與相戀的最大差別是什麼？前者是單數，後者是複數，愛情是要兩個喜歡加在一起。

有人說，暗戀是一種美，但那種美好是建立在不求回報上頭，因為你心知肚明自己的心甘情願，

因為你清清楚楚這是一種單向的愛戀，所以也才能夠由衷地開心。這種幸福是架構在自己身上，而不是愛情上頭，所以會有一種輕巧。你擁有絕對的自主權，你可以決定它的開始與結束，毫無負擔，在愛情裡跟著伴隨而來的拉扯與掙扎你也都沒有，多麼美好。但你卻忘了，你所擁有的，也都只是自己，而不是愛。

單戀，從來都不是一種戀愛的方式。不捨與掙扎都是某種愛情象徵，再豁達也都非得要先經過這一步。

可是，就因為愛情會讓兩個人在一起的幸福加乘，所以才叫人嚮往，於是才會在裡頭千方百計、偷拐搶騙。因此，你才會甘願冒著可能心碎的傷害、被拒絕的危險，也要一試。愛情是一種毒品，因為美好的不切實際，所以才很容易就叫人上癮、

欲罷不能，也因此才會叫許多人即使受了傷咬著牙也要再得到，也所以才有更多人縮著肩弓著背不敢再試。

然而，任何東西只要再加上另一個人就會變得更難。一個人時，愛是你的，你可以獨自決定要喜歡誰、要把好給誰，沒有人可以阻止。但無論自己再怎麼付出、再怎麼努力，你都無法去強迫別人來愛你。愛情是你無法去要求，只能請求，然後希望自己多一點好運。然而同時你心裡其實也清楚知道，在大多數時候，愛情都只有要或不要，而不是可以或不可以。

「可不可以」是愛情裡的最卑微，你把自己退到最後，再不打算問對與不對，只希望他說一個好。

但到了最後終究是，喜歡一個人可以自己選擇要或不要，同理，要別人的喜歡，也必須把決定權

交給他自己，這是愛情少數公平的地方。而最重要的其實是，你尊重了自己決議，同樣也要接受他的才行。

因此，在問「你喜不喜歡我？」的時候，同時你也要問問自己「要給自己多少時間去等待他的決定」，然後，尊重這個決定，就像尊重自己剛開始決定去喜歡他一樣。

「可不可以，你也剛好喜歡我？」是你在愛裡最卑微的請求，但你的愛並不卑微，你永遠都要這樣記住。

Dear,

或許，在大多數時候，
我們想念的，
其實並不是那個曾經愛過的人，
你懷念的不是他的吻、他的擁抱，
而是，
那一段讓自己感到幸福的時光。

你想念的，其實是愛，
以及那個在愛裡的自己。

祝　好。

053

當你覺得自己是一個人的時候

或許，我們最懷念的，
並不是愛會使得自己變美、變好，
而是，
當時的自己双眼看到的世界，
是炫麗多彩的。

Dear,

你說你討厭一個人，一個人太孤單。

我說，
不，讓人覺得孤單的從來都不是人，
而是心。

因為，
有時候即使在誰身旁，
還是會覺得孤單。

孤單，
從來都跟身邊有沒有人無關，
而是跟心裡有沒有個人有關。

你要找個人住進心裡，
而不是住在一起；
你要擺進某個人心裡，
而不只是靠在他身上。

祝　好。

Dear,

愛情不總是仁慈，你很明白。

但是，
你寧願是自己被愛所拋棄，
而不是自己先放棄了自己。

你接受愛情的殘酷，
但你不打算跟它投降。

你還要再愛一回，
因為你是獨一無二，
因為你是如此珍貴。

因為，你值得被愛。

祝　好。

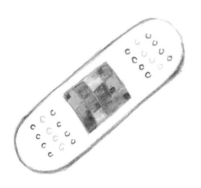

如果不小心受了傷，
就貼上最鮮豔的 OK 繃，
華麗地退場。
傷疤可以是一種逃避，
但也可以是一種紀念。

Dear,

你說，你還捨不得他。

我想，
那是因為已經無法擁有現在的他，
所以才會緊抓著曾有的過去不放。

你，把以前當成是未來在過。

你一定誤以為這也是一種保有，
所以手還不肯鬆，
因此有好長一段時間，還一直站在原地。

你也不要往前，
因為你覺得自己的未來在他那邊，
你不要單獨赴約。

但你一定忘記了一件事，
你的捨不得，其實並沒有讓你獲得更多，
只有讓你失去剩下的、僅有的自己。

過去已經要不回來，
但是，請不要把未來都一起留在他那邊。

祝　好。

Dear,

努力與強求的差別。

努力，
指的是用盡自己力氣，但不問回報；
強求，則是在說，
你很拚命的要求另一個人要跟你同樣步伐。

關於愛情，你只能很努力，
不是很努力要他來愛你，
而是很努力讓自己無愧於心。

如此一來，即使沒有了愛，
你還可以保有自己的心。

祝　好。

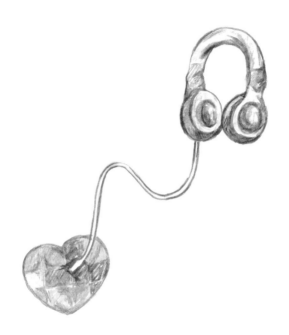

如果可以，
我想讓你聽見我的心跳聲。

Dear,

常常，親愛的人都不在身邊，
所以你要準備一個指南針，
往他的方向看。

這樣，你就會記得遙遠的地方，
有一個誰也正在遙望著你的方向。
你就會記得，原來自己還有愛。

如果你最親愛的，
還在某個你不知道的遠處，
請你試著在心裡擺上一個指南針，
你要先找出自己的方向，
而不是等他找到你。

這樣，你就不會茫然，
你會知道你還有能力去愛，
只是你先把它收好，然後等待。

你不可以氣餒，
你要隨時看著自己的心，讓它指引你。

祝　好。

Dear,

朋友問你，適應一個人生活了嗎？
你答不出來。

因為，
離開他，並不是適不適應的問題，
你是大人了，一個人也可以過得很好。

分手，從來都不是適不適應的問題，
而是，接不接受的問題。

祝　好。

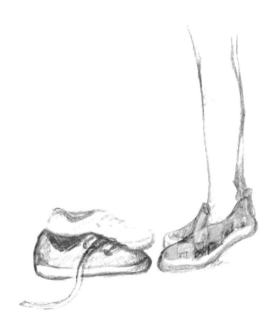

練習。
每天我都擺上一雙鞋，
假裝它是你。

Dear,

年輕跟長大的差別。

年輕的你，越難的戀愛你越不想放棄；
現在的你，則承認自己沒有那種能耐。

愛情之所以不可得，
不是因爲困難，而是因爲珍貴。
得來不易的愛，或許讓人更加珍惜，
但並不表示值得。

你用了那麼多的日子才體悟到，
與其努力去把一個錯的人愛對，
不如多花一點時間去找對的人。

祝　好。

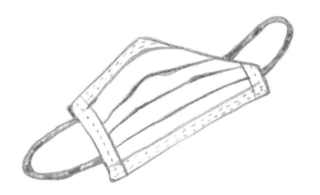

就像是感冒前的小噴嚏，
它是生病的善意提醒。
是不是就因為忽視了愛的警示，
才會一直找不到幸福。

Dear,

你不能要求別人不說謊，
但你可以做到對自己誠實。

你不能保證愛情不會變，
但你可以做到讓自己不善變。

你不能勉強他人來愛你，
但你可以做到去愛自己。

你不能寄望生命不會有傷痛，
但你可以做到不傷害別人。

至少你可以做到，對得起自己。

祝　好。

在某一天、某個時刻，走進一家店，
我相信，是命運之神讓我們相遇。
但我也深信，是自己選擇了你。
就如同，愛情需要運氣，但更需要靠自己努力。

Dear,

兩個人能夠走在一起，
喜歡是假的，愛才是眞的；
兩個人能夠繼續走下去，
愛是假的，珍惜才是眞的。

祝　好。

你：「我正在回家路上，20分後到。」
我：「好，路上小心哦。」
你不知道，
當你說『回家』的時候，我有多感動。

Dear,

你說：
「在感情裡面，先認真的人就輸了。」
這是你的體悟。

我說：
「在愛情裡，先給愛的人不可悲，
　無法愛人才是。」
這是我的信仰。

祝　好。

孤單。
有時候，
我覺得就連影子都遺棄了我，
連它，都比我快樂。

Dear,

你問我，他爲什麼不愛你？
我反問，他爲什麼非要愛你？

你說，
因爲你對他很好，
全世界再也沒有人會對他這麼好。
我說，
我們不能跟每一個對自己好的人談戀愛。

就像是好，你不是他，
永遠不會知道什麼對他才是好。

你的好，只是你自己的，
就像他的愛，是他的一樣。
你可以付出，但他也可以不要。

好是一種付出、好是一種對待，我知道；
但我更知道，好，不一定會是一種愛。

幫自己個忙，不要把它給不想要的人。
這樣才是對自己好。

祝　好。

Dear,

愛一個人最珍貴的地方，
並不只是因爲付出、
因爲被擁抱或相依。

而是，
去愛一個人的過程，
其實也是慢慢發現自己的時候。

你可以在裡頭被寵、被珍惜，
但也會拉扯、互不相讓，
然後得以成長，
到最後成爲更好的自己。

祝　好。

愛情黃燈。
有沒有誰可以好心發明一種東西。
當愛情出現危機時，
可以發出警告!?

Dear,

在有些時候，
決定離開一個人，
並不是因為自己不愛他了，
而是，因為他不愛你了。

他已經做了對自己的好的選擇，
你也要，
而不是再想著怎樣才是對兩人最好。

你可以選擇，
把愛先暫時收起來，
留給下一個愛你的人。

祝　好。

我所擁有的，
最好都在這裡，
若你要，我都給你，
若你看不到，
就表示，我的好，你並不想要。

Dear,

或許，
在很多時候你只能這樣去想。

如果跟一個人在一起，
需要時間與過程去建立起愛的話，
那麼，失去的、毀壞的，也是一樣，
也同樣需要歷程才能重建。

但無論如何，
都不可以放棄去愛人或被愛，
我始終都這樣想。

可以慢慢來，但請不要放棄。

因為一旦放棄了，才是真被愛拋棄了。

或許他奪走了你現在的愛，
但未來的愛還是你的，不在他手上。

你只能這樣想，接著，去度過今天，
到了明天，
你就會知道自己已經安然度過了今天。

然後，
再用同樣的信念去度過新的一天。
有天，終於痊癒。

祝　好。

Dear,

那天你問我：
「爲什麼他不愛你了？」
我想，那是因爲人會改變。

當時的你們，
因爲愛的方向一樣，所以走在一起。
現在，
則是因爲你們都不一樣了，
所以才會分開。

人抵擋不過時間，這是一種不得不，
你只能跟著它一起前進，
愛情也是，你們都要一起成長，才行。

不要去追問為什麼人會變？
就像你也無法追問時間為什麼會流逝一樣。

你說：「但我沒有變，我還愛他。」
我說：「你不是沒有變，
　　　　只是『愛他』這點沒變而已。」

祝　好。

Dear,

分手那麼久，你還是會常想起他。

特別是最近，
天冷的時候，身體加倍需要取暖，
尤其是你的心，更是需要有人點盞燈。

你說，你不想忘了他，
你想要記得他的美好。
他曾給你的一切，
都是你現在賴以維生的溫熱。

我說，記得一個人的好很好，
即使分開了，
也不該去抹煞一個人的全部。
他的好你可以留在心裡。

但我也想說，
他的好，應該是你用來前進的動力，
你用他的好，
期許自己可以再找到一個讓自己好的人。
他的好，
不應該被拿來牽制你的未來。

你背對著未來，想著他。

你說，對不起，你還愛他。
我說，你沒有對不起誰，
你只有對不起自己。

祝　好。

Dear,

他說，沒有很喜歡；
我說，其實，就是不喜歡。

因為愛情無法討價還價，
就像是心一樣，
要嘛就全給，要嘛就心碎。

祝　好。

不愛的好 就像七彩的泡泡，
看似絢麗，但一碰就破。
只留下一地的傷心。

Dear,

那天，
你笑著對我說：「人註定是孤單的。」
雖然嘴角上揚，
但卻溢出了苦澀。

我說：
「是啊！人是孤單的，
　但要是途中有誰可以作伴，多好。」

好好相處，好好珍惜，
到了最後，再好好道別。
這樣，就很足夠。

祝　好。

不離不棄、無分晝夜，
唯一不會離開我的，
就是「我的寂寞」。
每天，它都陪我散步。

Dear,

相戀是動詞，所以會有你來我往；
單戀是名詞，所以他可以不聞不問。

你要把愛變成活的，
談一場互動的戀愛，
而不是單方面的，去愛。

祝　好。

不管是「愛情」或是「戀愛」，
裡面都要有兩顆「心」，
一顆心，再怎麼努力也成不了局。

Dear,

你說，天冷了，
照理說，知覺都會變得遲鈍，
但心，卻反而益發的敏感。

於是你記起了那些要忘了的感受，
例如，
你幾乎忘了擁抱的感覺；
你幾乎忘了親吻的感覺；
幾乎也忘了，
旁邊有個人一起入眠的感受。

手指的觸感、肩膀的摩擦、眼神的溫度……
你突然有點想念這些滋味，
然後，跟著害怕了起來。

其實你知道，自己最懷念的是，
愛人與同時被愛的感覺。

之所以害怕，
其實也不是因為擔心忘了，
而是，你怕再也沒有了。
其實我也會這樣。

但是，
我寧願自己是被愛情打敗，
也不要在害怕面前投降。

祝　好。

Dear,

你說，
你曾經把心裡的位置空下來給誰，
然而最終他卻缺席了。
從此，你再也不打算把位置留給誰。

你說，你再也不打算為誰傷心了。
我說，這樣卻傷了愛你的人的心。

你說再不想當好人，但卻傷了好人。

我想是，
人懂得保護自己，很好，
但並不是非要把人往外推。

祝　好。

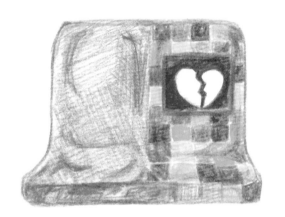

博愛座。
「先生，我心碎了，可以讓座給我嗎？」
外表看不出來，
但心裡的傷是最難痊癒。

Dear,

有些事，就是非要經歷過，
才可以真的去明瞭、去接受。

就像是從小聽到大的那些道理，
你都知道，
但做不做得到，又是另外一回事。

所以，去試、去碰撞，
跟著幾乎粉身碎骨後，
你才終於想起，
曾有個人這樣叮嚀過你。

「要是早聽話，就不會白走這一遭。」
一定會有人這樣冷言冷語。

但他們不知道，
你是繞了一圈才能夠走到這裡，
你是經過了掙扎，
今天才得以變得堅強與溫柔。

他們不懂，沒關係，但你心裡清楚就好。

也只有你會明白，我們曾經推翻的，
原來都是爲了讓我們堅定信念，如此而已。

你自己肯定就好，不需要對別人交代。

祝　好。

Dear,

因為擔心太傻而不去戀愛，
才會讓自己真的變成了一個傻子。

而且是，
一個沒有愛的，傻子。

祝　好。

有好長一段時間，
我的心裡每天都在下雨。

Dear,

關於守密。
我不認爲不希望別人知道的事，
就要要求自己也不能說。

因爲人有時候沒那麼堅強，
即使我們再如何想望，
但常常都是做不到。

就像是，
我們都希望自己可以讓心安適，
但卻很難一樣。

所以，
有時候那些無法靠自己消化掉的情緒，
你只能靠別人幫忙。
訴說，就是一種宣洩。

如此，
你就可以再多撐過一天、再一天……
直到自己能夠堅強。

因此，你可以告訴我你的祕密，
哪天，
或許我也會有我的祕密想跟你交換，
我們不可以告訴其他人，
不爲什麼，
只因爲這僅僅是，我們的約定。

約定，是拿來遵守的；
關係，也是這樣建立的。

別人不這麼認爲沒關係，
我們認爲就好。

祝　好。

Dear,

一種，愛的自言自語。

那些無法對他坦誠的話，
你都在夜裡，拿來對自己說。

你把它當作是練習，
你想著，哪天或許就可以派上用場。
然後繼續試圖跟他訴說。

也或者是，
你其實在練習的是，少愛他一點。

祝　好。

寂寞的時候，
我會捲曲起自己，
假裝被擁抱著。

HESITATED
Chapter 3

當你感到
　無處可去的時候

一種思念叫，香氣

一個男人的告白：「愛情的氣味是什麼？玫瑰。因為她最愛玫瑰，就連香水也是玫瑰口味的。」

原來，愛情跟氣味很像，摸不著、也看不到。試圖解釋，但很難說得清楚；用的詞彙再多，但也只有當事人才明白。

第一次發現這件事情，是當你在衣櫃裡發現了他遺留下來的T-Shirt時，因為很薄，所以很容易被忽略，但一看到就是怵目驚心。你原以為關於他的一切早已經搬離乾淨，房間、浴室、書架……就連心，你都用了好長一段時間去清理，如此小心翼翼，就是怕有日一不小心就會招惹傷心。你花了那麼多的時間去確認釐清，但就只消一件輕飄飄的上衣，就功虧一簣，它重重地壓在你的心上頭，讓你幾乎喘不過氣。

　　等到你稍微恢復呼吸，第一個竄進你的鼻腔的就是他的味道，那特有的厚重氣息。這件上衣是他常穿的，之前偶爾就會遺留下來，你幫他洗過幾次，但不管它在洗衣槽裡翻滾過多少回，就是沖淡不掉他的味道。你猜，那是混和了你的與他的洗衣精，以及包含了他的汗水味所調配出來獨一無二的氣味，當然，其中還有更多的是時間的累積。所以，別人調配不出、也模仿不來，就像是愛情。你這才懂了，原來這是屬於你們的愛情香氣。

　　也跟香水很像，配方多一點、少一些，味道就會完全不同，旁人聞不出差別，但只要相處得夠長久，一嗅就會知道其中不同。

　　於是，之後只要某個人身上衣物使用了同樣牌子的洗衣精，即使只是路過，那類似的氣味，都會讓你想起他。一種思念。在那個氣味之前，你無所

遁形。然而，最可怕之處在於不管你遇過多少人，卻沒有誰可以真的像他，他們每一個人都只是提醒了他的存在。也因此，你如此費心勞力避開所有可能傷心的開關，像是咖啡館、十字路口、公園椅，就連最近的捷運出口你都刻意遠繞，但唯獨氣味，你怎麼樣都找不到方法去迴避。

氣味最可怕的地方在於它的無形，它會在你毫無防備的時候突襲，因為看不到，所以逃不了，你無時無刻在躲，因此也時時在證明他一直都在。這是你最後面才體悟到的事。

再後來，你花了很長一段時間想要用其他味道去覆蓋他的味道，才發現往往是一場徒勞無功。就像是低分試卷，你打算用立可白塗改成績，而不是檢討錯誤，你面對失敗的愛情方式，就是不看它。跟著你也猛地驚覺，這其實是逃避，就因為忘不了，所以才需要一直提醒自己不該去記得。你打算用最膚淺的方法抹去最深刻的回憶，這是一種取

巧、一種便宜行事，難怪無功而返。

　　一直到了很後來你才可以如此去想，他的衣服其實只是一個紀念品，你們相愛的過程之一，就像你小時候得到的好寶寶貼紙一樣，都是好的。它應該是提醒了你自己曾經如此美好，示意著將來的可能，而不僅僅只是標記傷心而已。你不要再讓過去擋在未來前面。

　　終於，你不再別過頭去刻意忽略或是假裝忘記，但也不會穿上它當作是被他所擁抱。你知道，自己目前做不到的，時間有天會幫忙稀釋一點，只要再加上自己的努力就可以。有時候，越用力遺忘，反而越深刻；不要心急，反而最快好。

　　而他的氣味，有天你終會歸還。現在的你只要收藏起它，單單只是記得這個氣味、這個愛情的氣味，然後去灌溉培養，有天再開出新的芬芳。

Dear,

你說，
要去喜歡上一個人，
就是要忘記他的缺點，
放大他的優點。

我說，
若是喜歡一個人，
應該是要喜歡他的優點，
接受他的缺點。

因為，
逃避不是一種戀愛的方式，
學習如何去調整愛的態度，才是。

祝　好。

兩個人在一起，

就一定會有好、也有不好，

因為，兩者常常是對照出來的。

但願，我倆放大的部分都是，愛。

Dear,

人，是不可能回到從前的。

沒有人可以真的回到從前，
一旦愛過了，就不一樣了。

就像是膝蓋上的疤痕，
只要跌過一次跤，
身上就會永遠記憶住。
只要是愛過的人都會知道。

也像是他還在你的心裡，
從來就沒有離開過一樣。

對你而言，只有時間往前了，
但你的心，卻沒有。
它一直留在他轉身的那一刻。

可是我想，
一定是有人忘記提醒你，
其實你也可以掉頭，然後往前走。
你一定是忘了還有這個選擇。

你不是非要注視著他的背影不可，
你可以選擇看看藍天白雲，
請你抬頭看看，屬於自己的藍天白雲。

祝　好。

Dear,

常常愛情，
只有「要」或「不要」兩個決定。

然後，不管是哪個決定，
最終都只能去很努力。

要了，就努力去愛一個人；
不要了，就努力去遺忘一個人。
最怕的是，愛了輕易就反悔，
決定不愛了卻又拖著不放。

你可以努力去讓愛情變好，
但不要強求，所有的愛情都會好。

祝　好。

「吸食過量，有礙身體健康。」
抽的每一口都是思念，
　呼出來的都是寂寞。

Dear,

你看著他離去的背影，不肯轉身。
就像是背對著未來往前走。

不僅看不見未來，
離過去也越來越遠，
未來與過去，你都失去。

而你，以為這是一種紀念。

你擁有最多的，
卻不是與他的回憶，
而是自己的悲傷。

於是，你學著轉過身，
才發現，過去並沒有被你給拋棄，
反而跟著你往前的步伐，
一起走成了未來。

你將他曾有的好留在身後，
再試著把要給他的好，給別人，
你要開始練習，對另一個人好。

你也開始練習，
自己的未來，不再包含著，他。

祝　好。

Dear,

人之所以會不開心，
並不是因為失去什麼或是得不到什麼，
而僅僅是，
自己注視著無法擁有的東西。

其實快樂並沒有遠離你，
是你把悲傷攬在身上，然後叫苦。

祝　好。

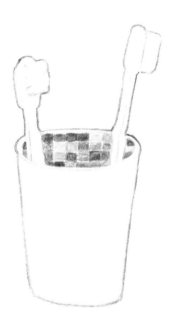

他離開以後，你仍留著他的牙刷，
你曾以為這是一種念舊。
後來才發現，這只是一種折磨。

Dear,

你會遇到一些人在說愛的壞話。
但其實，他們才是最在意愛的人。

然後，他們也會嘲笑有愛的人，
你要聽聽就好，但不要擺在心上。

因為，你要知道，
人是那種，
不會對沒有感覺的事物有情緒的動物。

因此，他們笑得越是大聲，
只是正好說明了他們多把愛放在心上。

你要去相信愛，
相信愛，或許不能成就愛，
但不去相信，愛只會更難。

我相信有緣分，也相信努力，
但，就是不相信不勞而獲。

因為人也是那種，
只能看見自己所相信的事物的動物。

祝　好。

Dear,

你問，
自己是不是做錯了什麼，得罪了幸福？

你試過如此多回，但一次又一次的碎裂，
每次以為抵達了幸福的終點，
原來都只是感情的終點，
讓你覺得自己沒有幸福的運氣。

但我想，幸福不能仰賴運氣。

是不是，你找錯了幸福的路？
才一直抵達不了終點？
是不是，是時候該左轉了？

祝　好。

找路。
我試了一百種通往你心裡的方法，
卻怎麼也沒看到眼前「此路不通」的號誌。

Dear,

愛情會遇到的兩種人。

有一種人，很好相處，
就像是冬天的陽光，讓你忍不住多停留；
另一種人，規則很多，
就是像穿著厚外衣，讓你覺得拘謹艱困。

因為陽光實在太溫柔，你以為它無害，
但相處過後，你發現原來他對誰都好，
他的和善其實是空洞慰藉。
等到曬出雀斑，
你才記得有紫外線的存在。

而因爲盔甲實在太笨重，你以爲它穿不透，
但經過時間推移，
你才發現原來它可以擋風，
他的冷漠只是不善言詞。
等到他打開心扉，你才知道裡面是暖的。

你可以曬一整天的陽光，
但日夜會交替，
眞的能陪你度過冬天的，
只有穿上一件大外套。
或是，躲進有外套的人懷裡。

然後，不管日子再冷，都像是春天。

祝　好。

Dear,

他很好、他很上進、他很負責任，
但就是不能讓你愛上。

你說，
為什麼自己無法去喜歡這麼好的人？
他一定會對你很好。

我說，
愛情本來就不是比誰好，
你不能勉強自己去愛他，
因為愛情已經很難，
要是再加上勉強就更不容易。

就因為愛情很難，
所以選擇一個自己愛的，會比較容易。

祝　好。

Dear,

出門散步去吧。
不要等待。

你並沒有那麼難找，
他有你的手機電話，
甚至也有你所有的聯絡方式。

你有多為了他，他都知道。

他的無聲從來都無關你的行蹤，
而是他的意志。

所以，離開你的座位，出門去。
走出去，並不會使他離你更遠，
但卻可以讓你離自己近一點。

卻可以讓你離悲傷遠一點。

祝　好。

Dear,

其實，愛情裡，先認眞的沒輸，
不認眞的人才是輸了。

愛情雖然是一種賭注，
但不努力，就註定全盤皆輸。

你不能只把愛情當作是一種運氣，
因爲你有多把虛無飄渺擺到它上頭，
它就以同樣的方式對待你。

認眞的人不一定會輸，
而，不認眞的人，
一開始連贏的機會都沒有。

祝　好。

愛情，
沒有人會永遠都拿到一手好牌，
但可以確定的是，
要是沒有下場去玩，
就永遠都贏不了。

Dear,

你常常覺得，生命是一齣鬧劇，
常常很辛苦、常常很沮喪、常常想放棄，
更常常問自己：「為什麼？」

會懷疑、會推翻，
然後建構再重來，
總是覺得孤單，
自己是一個人在奮戰著。

但其實，
每個人都是這樣的。

我們都很努力，
不讓自己的生命變成是一齣鬧劇，

每個人都是爲自己所信仰的在奮鬥，
覺得無法改變世界，但卻又相信正義。

每一個人都是用自己的方式在跟世界說話，
然後希望有天可以和解。

所以請不要覺得自己是一個人，
跟世界對抗之前，請先跟自己和解。

至少，你自己要先站在自己這邊。

祝　好。

Dear,

所謂的命運是，
盡了最大的努力後，
再讓它發生。

而不是，什麼都不做，
任由它長成某種姿態，
那不是命運，而是一種選擇。

愛情也是，
我們都要很努力到不能再努力，
才爲止。

不能再愛了，才是愛宣告結束的時候。

祝　好。

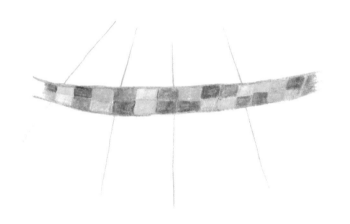

很多時候，努力跑到終點，
並不是表示自己贏了，
而是自己盡力了、完成了。
這樣，就很值得驕傲了。

WEEP
Chapter 4

當你發現自己
快要哭了的時候

不愛，請不要對我好

一個男人的告白：「為什麼男人不愛一個人了，還會拖著？我想是因為，還沒有其他喜歡的人出現。」

看見外顯的危機，如果還不遠離，就是一種自願；但最可怕的其實是，看不見的那些，往往等你發現時跟著就粉身碎骨。愛情也是。

「兩個人在一起，最多的時候只是陪伴。」你忘了曾經在哪裡看過這樣一句話，當下你才驚醒，或許這就是愛的定義。愛情很難常保熱度，因此花最大的心力去讓彼此維持新鮮其實並不需要，更應該努力的是，如何把日子過得溫柔，然後在裡頭相愛。因為能讓兩人一直往下走的並不是激情，而是心意，你因而身體力行。

但後來你才明白，這原來是一道陷阱題。因

為愛情裡所有的好、所有的陪伴，都應該建立在
「愛」上頭，這是你們之所以稱為「戀人」而不是
朋友的根基。可是，常常好跟愛會叫人分不清楚，
因為愛一個人就會想對他好，那是一種發自內心的
本能；然而，對一個人好，卻不一定就是愛。就像
是「我覺得我應該對你好」與「我想要對你好」，
兩者很像，但其實很不一樣。就像是愛跟喜歡也很
像，可其實天差地遠。

　　愛可以是一種習慣，但是，習慣卻不一定是一
種愛。你很後來的體悟。

　　也更像是，他還是同樣對你好、同樣待在你身
邊，一如往常，這也很像是愛、你也以為這是愛，
只是、只是，怎麼還是隱隱覺得不同了。觸碰的力
道不同了、凝視的方式有差異了、說話的語調也不

一樣了，你曾經以為是自己多心，或這是一種感情後來的必然，只是有時候身體比心還要敏銳。但你不能去猜測，因為去質問一個人的愛多愚蠢；你也不能去懷疑，因為他還對你好，你不能去責罵對自己好的人。

　　所以，你還以為他沒離開，因而等待，於是用了時間去守候，但沒想到最後賠上的不是他，而只是自己。你也以為他哪裡都沒去，但後來才發現其實他不用去遠方，就可以把你鎖在門外。就因為看不見，所以逃不了。然而，他還是在對你笑，愛情的笑裡藏刀，你以為他的嘴角是上揚，但沒發現微笑的弧線很像一把彎刀。但因為太溫柔，所以防不了。終於你明白了，不愛的好，原來比什麼都要危險。

　　原來，不愛的好，像是沒有燃點的火焰，你以為很熱，但其實煮沸不了任何東西。

而在所有不愛的好的危險之中，最可怕的並不是推翻了過去，而是終結了未來，它阻斷了你所有未來的可能性，所有再次擁有愛的機會。因此，如果再沒有愛了，請盡早說；如果再不想待我身邊，請不要非要把我留下來。因為這樣，會讓我有了錯覺，而最終這樣的誤解，都會回過頭來變成傷害。

如果不愛了，請不要對我好，再把我的未來還給我。因為，你還想去愛，還想要有個人來，愛。

Dear,

請不要去後悔那些曾經。

一直懊悔著過去，
希望自己沒做那件事、要是當初沒這麼做就好，
就等於是否定了現在的自己。

因為所有的過去，都讓你變成了現在的自己。

因此，不要去後悔，把力氣拿來往前看，
不要讓「現在」變成了「未來的後悔」，
才是重要的。

然後，別忘了，要相信自己。

祝　好。

愛情，
並不是勤灌溉、細照料，
就可以開花結果。
但你更知道，
要是不去努力，就更長不好。

Dear,

你懷疑，他是否愛過你？

你用了好幾個夜晚，
把建築起來的推翻，
然後又建造、再推翻……

你傷心、不服氣、不甘心，
但還是想要他回來。

你翻攪著自己的心，
只是想證明他曾經愛過，
否則，他怎能現在如此冷酷。

你把眼淚哭成海，自己變成了魚，

在傷心裡悠遊。
然後，還在問、還要問。

但是，他是愛你的。
這是真的。
只是你忘了，他的愛已經是過去式，
而你已經是現在進行式。

你的追問，
要不回你的過去，也抵達不了將來。
他的愛，雖然沒有跟著你一起往前走，
但是，你卻必須把自己活成，未來式。

祝　好。

Dear,

離不開一個人，
其實並不是因為他很好，
而是因為你只想著他的好。

你害怕再也遇不到這樣一個人。

但一定要去相信，
一定會有一個人出現，
然後對你很好。
下一個愛你的人，
也一定會對你這麼好。
要這樣提醒自己。

受過傷的人，
要再去相信愛情很難，
但是，我更知道，
如果去抗拒相信，愛情會更難。

祝　好。

Dear,

他向你坦承了愛上另一個人，
但也捨不得你。
他問你：
「有沒有讓三個人都開心的方法？」

你答：
「有。
　就是我退出，然後找另一個人相愛，
　這樣不只有三個人會幸福，
　會有四個，是不是更好？」

我們都知道這是一種逃避，
他不想當壞人，所以把他的問題丟給你。

但你更知道的是，犯錯的人是他，
他的問題不應該由你幫他解決。

他不能利用你的捨不得，
這是一種卑鄙。
而且，你再也不想拿別人的錯來懲罰自己。

你可以很寵他，像個小孩，
但並不是要他真的當個小孩。

因為，
那是你對他的好，不是一種愛的特權。

祝　好。

Dear,

請不要對我好，
如果我們沒有未來，請不要對我好，
這樣的好，只是一種殘酷。

一種有美好想像，但註定破滅的錯覺。

不要對我好，我不乏對我好的人，
我欠缺的是，你愛我。

祝　好。

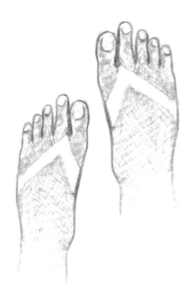

有些人，因為太好親近，
所以讓人錯覺美好，
一不小心就叫人忘了看照自己。
等到季節一過，
只留下了難看的痕跡，
跟著烙印到心裡，一年都淡不了。

Dear,

你問我，要怎麼堅強？

但其實，
堅強，並沒有所謂的方法。
我也找不到。

心就是會痛、眼淚就是會不由自主流下，
尤其在黑夜時，
常覺得自己就要撐不下去。
或者是，
無論任何的方法都無法讓你感到被撫慰。

聊天、閱讀、踏青，或是買醉，
都無法幫助你解決問題，

他們只是幫助你暫時逃開現實，
天一亮，又會回來。

我也不知道要怎麼堅強，
在大多數時候，
你只能告訴自己，要努力、不要放棄，
然後，有天，就能熬過去。

一直到某天，
你會回頭看，發現已經雨過天青，
然後，慶幸自己沒有放棄。

撐下去，本身就是方法。
你唯一能做的，就只是撐下去。

祝　好。

Dear,

世界上總會有好人與壞人。

然後，也會有一些糟糕的人。
他們沒那麼壞，但卻會使人受傷。

也就例如在感情上，
明知道對方有另一半了，卻硬要去招惹；
分手後，還會跑到對方樓下去等人；
或是，刻意煽動挑撥感情。

他們沒有殺人放火，
但卻做了一些壞的事，
而且，他們也知道自己在做壞事，
但卻還是去做了。

因為這樣的人，通常只管自己的快樂。

你可以對他生氣，但氣一下就好，
也不要去罵他，
因為他都敢做那些事了，
你的罵，他無關痛癢。

你只要離他遠一點就好，
然後，期許自己不要變成那樣的人。
這就是這種人存在的意義。

祝　好。

Dear,

你流著眼淚跟我說：「他負了你。」
我卻感到欣慰。
「但是，你沒有辜負自己。」我說。

我們都知道，
一個人無法要求另一個人去為自己做什麼，
更何況是愛。

而我沒有看到你在愛裡退卻，
沒有因為艱辛而逃避，
你給了自己一次去愛人的機會。
光這個，就已經很珍貴。

流眼淚也很好，那表示還有愛的力氣。

或許別人可以辜負你，
但起碼你可以做到對愛負責。
光是這樣，就已經很珍貴了。

你給了自己一次去愛人的機會。
這樣，就已經很珍貴。
因為，愛的珍貴不在於擁有，而是給予。

祝　好。

Dear,

請不要把愛情當競賽，
不要去計較誰對誰比較好，
因為你永遠不知道會輸掉什麼。

更因為，
你永遠都沒有輸的本錢。
每一次心碎都是一敗塗地。

祝　好。